MUÑECA CHIMUELA
(JACK TENEBROUS)

JUAN TRIGOS S

INVENCIONES
HORROR
HEMOFICCIÓN

MUÑECA CHIMUELA
(JACK TENEBROUS)

JUAN TRIGOS S

INVENCIONES
HORROR
HEMOFICCIÓN

Copyright © Juan Trigos
ISBN: 9798702952734

Nota de Jack

La muñeca que compré en la juguetería ha comenzado a hablar. Soltó la lengua por primera vez cuando llegué borracho de ira. Metí la llave en la cerradura y escuché enseguida, en vez de gruñidos, frases con cierta coherencia en referencia a lo ocurrido no hace mucho ni poco. El lenguaje de ella, muñeca del alma, es sencillo y directo como flechazo. He puesto especial atención en lo que dice porque es una manera de sentirse acompañado. Además de mi esposa Genoveva, perecida en situación misteriosa, ahora esta dama mandinga abre la boca y profiere discursos largos y cortos muy del agrado de Jack Tenebrous. He decidido cargarla conmigo. He decidido convertirla en mi muñeca de ventrílocuo.

Muñeca del alma:
La mesera morena y sucia de sopa y asado de cordero entró al baño, se bajó las pantaletas y echó una meada tan abundante que formó un laguito. El hijo de Hermes y de Afrodita conoció a su novia en ese lago amarillo y plácido donde bajaban a beber golondrinas y gorriones. La diosa Hemoficción les concedió la gracia de estar juntos. Así nació el Hermafrodito que se topó con el muñeco vengativo. Mañana habrá frijoles en casa y vendrán invitados vestidos de negro. En vez de mesa el desayuno se servirá sobre el catafalco del andrógino recién nacido que hizo carne y fue a la escuela a aprender

a decir papá y mamá pero con mucho sentimiento.
Destino llama
y una obedece
yendo a comprar
de la manita
de Jack
muñecos a la tienda
con orejas de elefante
pequeño y maternal
En casa se prepara
El hombre
Para convertirse
En madera
De desquite
Decidí usar la lengua un viernes
de dolores, día memorable, pues
mi dueño y señor me cogió entre sus brazos, luego me besó en
la boquita y me estuvo cantando
madrigales del maestro Gesualdo.
¿Quién puede resistir el encanto
de su voz poética?

Nota del mocoso

Hubo ruidos en la ventana o en la puerta, no recuerdo bien, abrí los ojos y estuve esperando en actitud de escucha cuando en la sombra se dibujó un bulto negro que me golpeó con algo duro. Botella, fierro o madero que destapa el cráneo para que el refresco expulse gas de sangre. El hombre tenebroso que me sorprendió atarantado y preguntando por el destino de mi madre, tenía aspecto de payaso sin estar disfrazado. Levantó la mano y luego la bajó deprisa, sin que yo tuviera tiempo de esquivar. Trancazo feroz e inesperado que nada de cariño manifestó. Cero aprecio por mi humanidad en desarrollo. Cero.

-A la ruru nene, duérmete mi niño, porque si no te duermes te asesina el Coco –canta mi muñeca del alma, ex vigilante perpetuo en la entrada de casa, ahora mi niña de ventrílocuo-. Las niñas bonitas como tú se quitan el vestidito para meterse a la cama a respirar pedos hediondos. Yo que tú empezaba a aullar cual lobo enfermo.

-He operado hace unos instantes a señora terca en rezar, necia en hacerse pasar por víctima, necia en pedir auxilio a las alturas. Imploró clemencia invocando el nombre de la diosa Hemoficción. Ignoro el nombre de esta segunda muñeca en cuestión, hembra mutilada, pese a que soy metiche y meto la nariz entre las rendijas de puertas y ventanas. Digo segunda por decir, porque la primera resultó igualita, parecida a rabiar, gota de agua a gota de licor. O sea que a lo mejor me he topado con dos señoras cuyo apellido quedó suspendido a la hora de descender por las escaleras del infierno. Eso sí, madre es madre, pero debe de haber sido bautizada por don Pedro González, cura de la parroquia del Santo Sepulcro. ¿Debía decir debían? ¿Son dos o es una solamente? No tuve tiempo de preguntarle cómo la registraron, si con Chucha o Pancha, si con Petronila o Pancracia. Me quedé con la palabra mamá en la boca y luego la tragué recordando a la tía Concha.

-Puedes decirle Petra o Porfiria, cualquiera de estos nombres le quedan bien a la dama que pereció de modo efectivo y contundente. Al nene presente y cogido de la lengua le he cantado canción de cuna porque espero que mis arrullos suaves lo hipnoticen. Los pacientes dormidos aguantan mejor los ataques aéreos de soldados maldecidos por el capitán Lucifer. ¿Entiendes lo que hablo, niño lindo?

Perdí el sentido y cuando desperté ya estaba amarrado y con la lengua prensada en una pinza. Entonces noté que el agresor cargaba en su mano izquierda una muñeca de porcelana chimuela. Grande y despeinada.

-Eso suena a que el hombre de bien, mi dueño y señor, cerró una bolsa de celofán –tus labios- con una pequeña pinza nada molesta, mocoso rabón y cobarde. Eso truena como chinampina en la caverna de tu boca fresca, remojada en ríos rojos y pusientos. Mi niña bonita y patona, las arañas pescan moscas y las devoran o se las dan de alimento a sus hijitos. Tu madre me ha dado tu gorra para guisarla junto con tus tripitas.

El señor del ataque pronunció la palabra andrógino y luego soltó una carcajada que terminó por provocar desmayo. Me fui. Resbalé al abismo entre dolores inmensos, de gritar.

-Quien no siente, no sufre, quien no sufre, no siente. La madera de mi ropero anda en grito todo el tiempo, niño, le encantaría que tomaras tu lugar dentro convertido en estatuilla de plástico, madera o cristal. Mi ropero habla, sabes, es egoísta y quiere adueñarse de tu alma. Si alguien entra a tener encuentros místicos en alguna de las repisas halla sentados en sillitas de mimbre a santos como San Agustín de Hipona y santa Hildegarda Von Bingen. Mi ropero esconde misterios insondables. Cuando yo muera sentaré mi nalgón al lado de mis amigos vencidos por el caballero tigre.

Dolor inmenso, me retuerzo en inconsciencia, suponiendo que la pesadilla desaparecerá en cuanto abra otra vez los ojos, si es que puedo, si es que la muerte no ha parado mi respiración. Pensé que dios debía habernos hecho de madera, sin sentimientos. No hay pastilla que alivie mis malestares tremendos. Voy a morir sin adivinar qué hice de malo para merecer este castigo tan grande. ¿Voy a perecer? Eso suena a futuro, se oye como si todavía tuviera algo de tiempo por delante para aprovechar estudiando matemáticas o geografía. Mi madre calló, su silencio tuvo momento largo de suspenso, por más que le grité que me defendiera no hubo reacción de su parte porque también había perecido, yacía en su cama con el corazón atravesado. Sé que ya he muerto porque la agresión ocurrió el domingo o el lunes de la semana pasada, creo, porque ya mi boca ha perdido muelas y voy que vuelo a ser esqueleto rumbero. Lo que cuento surge de figurilla de plástico que el malvado puso a jugar ahora, al lado de Genoveva la marquesa del queso frito y de las patas heladas.

-Echar salivazos al sol no es una acción que retribuya, tampoco andar descalzo creyéndose miserable. Lo más prudente en la vida es agachar la cabeza y recibir agradecidamente los madrazos que da la realidad contra muñecos humanos e inhumanos, parejito, los bichos también sufren patadas y dolores sin articular palabra de queja contra su creador –dijo la muñeca, agriando mi estómago, ¿qué comí? Le respondo a ella:

-Yo entiendo el mundo de modo sencillo y vulgar. Me apetece ser muñeco de ventrílocuo y lo soy, mi metamorfosis tuvo lugar en casa. Pelé los dientes y comencé a menearme como ser mecánico y precioso, siempre en pos de aventuras subterráneas, siempre acompañado por mi fiel compañera doña Genoveva Verde, esposa corrupta a la que le agrada recostarse sobre el pasto a tomar el sol en traje de baño. Le he pedido mil veces al cadáver que no se quite el sostén, pero ella no hace caso y enseña las chichis mordidas por perros y cucarachas.

-El pecado se paga, señor amor, esta niña y niño al mismo tiempo serán bañados en sal y puestos a tatemarse en el comal. Un pez merece mejores tratos en el horno.

Muñeca del alma:
Yo siempre estoy delante de la puerta vigilando, cualquier ruido

que escucho me despierta y pelo
las uñas. Soy fiel a mi dueño y
señor, el marqués Tenebrous y a la
divinidad que anida en los aleros
de las ventanas. Alas prietas cre-
cen en las macetas. El nene doble
me fue presentado en casa de su
madrecita chaparrita y berrinchu-
da.
Dios Hemoficción
Canta en la oscuridad
Con voz
De barítono
Curtido en salmuera
Mientras
Respingos
De caballo alado
Tiran de cabeza
Al jinetillo
Imberbe
Caracoles
De la tierra
Acompañan

Sonando
En berridos
Apestosos

Nota de Genoveva

Al sur de la montaña se llevan a cabo quemazones que descienden hasta el sótano donde pasé los últimos años de existencia. Las llamas no son reales, es lumbre espiritual imbuida de coraje. Al norte de la montaña ruedan bolas de fuego que prenden los techos de casas y graneros. Claro que eso sólo es un deseo soterrado en el fondo de mi alma, si es que la conservo. Los bomberos son incapaces de apagar las ansias que cuecen mis carnes, caracho, señor marqués, confié en ti, te quise, permití que me pegaras y que fingieras arrepentimiento. Ahora la traes atorada contra aquél monigote que te jaló los cachetes siendo un mocoso rabón de pantalón corto. ¿Es tan grave lo que te hizo? ¿En qué magín cave el tamaño de tu rencor?

-Dos botellitas de licor son las medida de mi enojo, dos solamente, pequeños envases de ron o tequila, dos y ya. Mi fuego, comparado con el tuyo, equivale a un cerillo prendido, soy inferior a ti, señora marquesa, lo confieso sin remordimientos. Tu padre se equivocó al juzgarte, no estabas loca o te fallaba el queso, no, en tu cráneo vacilaban sesos pensantes de la mejor clase. Hablé con él y le dije: Amo a su hija pese a que ella no pise el mundo, es decir, la realidad circundante, pese a que sea fría como hielo. Él sonrió de buena gana y enseguida me concedió tu pata adorando mi cabalidad de caballero andante. Don Quijote es un individuo cuerdo a vuestro lado, yerno mío, dijo y se peinó las últimas canas. Llevaos de casa a la dama Rocinante e iniciad montado en ella vuestras ilustres hazañas. Conquistaréis molinos de viento y viejas lavanderas que deseen morir de risa.

Muñeca del alma:
Pienso como él. Soy él. Hablar de pronto fue una grata sorpresa. Me salieron granos en el rostro de alegría ficticia. Jack me tomó entre sus manos cariñosas y me suplicó que usara una lengua cualquiera para expresar mis ideas de gloria.
¿Abrí efectivamente el hocico?
No lo creo, pero sí emergió de ese hoyo una palabra: Papá, señor marqués, divina persona, estoy a vuestra disposición, usad mis do-tes para convertirme en Pinocho hablador.

El mal
Si es que es
No es
Lo que parece
Pajarillo ausente
Cuyas plumas
Llenas
De corucos
Mueven aire
El gorrioncillo
Come alpiste
Y recuerda
Que fue
Macho ratón
Y macho hombre
En vidas pasadas

Nota del mocoso

El brazo de mamá andaba suelto, venía en mi contra levantado por la sombra. Pegó con fuerza, es decir, clavó con rabia exagerada. Ella no sería capaz de hacer algo tan malo,

a veces me castigaba, pero no con tanta crueldad, como si yo hubiera cometido una falta imperdonable.
-Voy a cumplir siete años, quedaría una vida por delante, señor, si es usted tan amable de soltarme. ¿Mamá a muerto? Esa mano la conozco. Me está hirviendo la sangre, cómo pude haber sido tan estúpido de quedarme inmóvil, ni siquiera lancé patadas o rasguños, nada, caí en desmayo y luego desperté atado en espacio de locura.
-Agarrar la lengua es una precaución indispensable para asegurar que los vecinos no meterán sus ojos chismosos, niño, piensa en un cangrejo airado que te ha cogido por sorpresa agradable. Ya tu madre ha partido el piñón conmigo, se ha hecho aliada mía y respinga cual yegua de mayo.
-¿Qué quiere decir andrógino?

-Quiere decir persona como tú, do-
tada de dos sexos ardientes e ncom-
pletos. Por un lado verga y por el
otro vagina, ¿comprendes? Dos en
uno y uno en dos, división atractiva
para el que la padece, ¿comprendes?

Muñeca del alma:
No me he bañado nunca, per-
manezco en mi jugo ardiendo en
ganas de merendar algún trozo de
carne olvidada en el suelo man-
chado de sangre. De grande dor-
miré en cuna de nobleza, seré tra-
tada como reina madre.
Voz acuática
Tiene la diosa
En la que trinan
Pajarillos
Mentecatos
Y se tuercen
Notas

Cocidas
Al calor
De vientos
Estomacales
La madre
Del mocoso
Aulló
Sin palabras
Y el hermafrodito
Respondió
Con pases
De torero
Tuerto

Nota de Jack
 El cielo queda lejos, más allá que la
Luna y que Júpiter, tanto o lo mismo que la colonia que escogí para
llevar a cabo un cuadro hermoso de
la cotidianidad amarrada a la idea
de que el mal sólo existe de manera
abstracta, es decir, que la culpa de
todo la tiene Lucifer, espíritu que

perdió la batalla contra la monarquía divina.

-¿Una colonia o dos? Jack, no está claro que el niño hubiera sido niña al mismo tiempo. Ahí hay gato encerrado que merienda pan blanco con sardinas. El muñeco en que te has convertido no asusta a los transeúntes porque es interno, madera en el alma, enterrada en el espíritu.

-Según Milton, señora marquesa de la piel peluda, ese ángel soberbio quedó vencido y gobernando el infierno, como capitán o rey de otros muchos ángeles caídos que se reparten el trabajo de joder la paciencia entre los bípedos terrestres.

-El demonio existe, Jack, ha tomado tu cuerpo y se regocija fregando cuerpos inocentes. Su gobierno no está lejos, al contrario, se ve en cada cabrón como tu persona andante.

-Yo, esposa mía adorada, lo declaro sin sentirme mayor ni menor, enano o gigantón, digo que mis actos no son dirigidos por espíritu ninguno que no sea el propio, si es que se puede decir que mi pecho sea el hogar de alguna clase de alma o psique. Haré escarmiento contra un mocoso rebelde que quiso jalarme el bigote.

-¿Lo harás o ya lo hiciste? ¿Cuántos años tiene el mocoso, ¿siete? A ratos pienso que como de costumbre lo estás confundiendo con el muchacho alegre que te ofendió cuando eras niño malcriado. ¿A poco es el mismo? Aquél lucía un bigote postizo cuyas puntas se retorcían y andaba embutido en traje de gracioso, chapas rojas y nariz también colorada.

-El tiempo, señora marquesa, es parte integral de la muerte, todo ser viviente lleva colgada en la espalda el enojo de la parca sonriente.

-Es verdad, camina en carcajada esa señora esquelética. Cuando yo iba a morir escuché risitas que salían de tu boca.

-¿De qué se burla esa señora? Precisamente del tiempo pasajero y trivial, tanto que cuando ella entra en escena la existencia pierde valor, se borran las memorias, los pecados y alegrías.

-El tiempo pasó sobre mi cuerpo como locomotora, aplastando todo sentimiento, quebrando cada hueso y pensamiento que pude haber tenido.

-El tiempo es una gran falacia, señora marquesa. Ese niño al que te refieres resucitó ayer o antier y estuvo provocando mi ira pasada, fruta podrida en el armario de mis encantadoras memorias.

-Entonces, si no fuera concreto el tiempo, pesado como ladrillo, ¿por qué tu interés en dejar escritos tus cobardes atentados contra la humanidad?

-¿Se puede saber qué coños es la humanidad? Señora marquesa, bajo esa idea tú fuiste parte de ese grupo social que cacarea igualdad entre los habitantes de las naciones.

-Soy o fui parte de esa familia grande, mis padres también, seguí consejos maternos y paternos y de nada sirvieron a la hora de perecer cual gusano reptante. Merecía mucho más de lo que tuve, mucho más de lo que tú estabas obligado a darme. Mis padres creyeron en tus promesas, se hincaron delante de tu iglesia. Me choca decirlo pero fui obediente a rabiar. ¿Vas a empezar a confundirme con tu muñeca del alma? ¿También a mí me botaste los dientes?

-Muchos niños son partidarios de continuar en la línea marcada por sus padres. Siguen los preceptos inculcados sin comprenderlos, como burros atorados, repitiendo siempre que es pecado violentar los mandamientos. ¿Quién te obligó a casarte conmigo, a ver? Nadie. ¿Quién te descompuso el cerebro? Nadie. ¿Por qué te gustaba el queso? Porque fuiste creada como rata ajena al concepto generalizante de humanidad.

-La iglesia enseña a cuidar la vida, reza cuando alguien enferma o cae en desgracia, me consta que el día de mi muerte algunos feligreses estuvieron suplicando a dios que perdonara mis pecados. Nadie acompañó mi defunción, porque nadie se ha enterado de lo que ocurrió. Papá estaba tan lejos como el cielo y lo mismo mi mamá. Nadie vino en mi ayuda cuando tus dedos apretaron mi cuello o el cuchillo atravesó mi pecho. Sé que duermes con la muñeca de tu alma. ¿Te la estás cogiendo? ¿Es posible que extrañes mi carne?

-La mayoría de los seres padecemos soledad. Aquél malandrín que me ofendió sólo contaba con la presencia de su madre, viejecilla encorvada y tejedora como tú, señora marquesa. Parece que la bondad femenina se asocia al tejido de manera irremediable y aburrida, lo que justifica las ganas del marido de cometer adulterio. En general, nadie acompaña al difunto, a la hora de morir sólo vemos a la vieja esquelética que mencionaste, soplando en el oído estas palabras: Ya te llevó la chingada. La parca repite esa frase en sonsonete desde que el mundo es mundo. Estuvo al lado de los cavernarios y de los señores inquisidores modernos y del medioevo. Pero ella no hace diferencia entre bichos, a todos coge de las greñas por igual.

-Sí que lo fui, me consideré persona, ser, individua responsable, esposa ardiente y rata y quizá, muñeca de porcelana que a todo dice que sí, sí señor marqués, a sus órdenes señor conde. Mitad y mitad, bicho y señora, dama y muñeca. De haber sido tu madre te habría puesto las nalgas coloradas con las palmas de mis manos o la cola usada como látigo de inquisidor. Tú no eres humano, estás hecho de madera, por eso jamás te despeinas.

-¿Las ratas son parte de la humanidad? Si así lo piensas entonces modifico mi convicción y digo que en efecto, perteneciste al grandísimo concepto erróneo que incluye ratas en su definición. Humano es el niño que creció a mi lado y que ocupó el pupitre de la izquierda en el colegio. Ese abominable y precoz pequeñuelo me lo encontré igualito jugando en el parque. Yo me había disfrazado de muñeco, efectivamente, y estaba dando una función divertida de ventriloquia.

-No quise decir rata de albañal, sino rata precisamente humana, en lo que me convertiste. Quise decir, creo, muñequita. Espero que el niño que aseguras que se burló de tu persona no sea el hijo que engendraste en mi vientre apestoso a caca. A veces creo recordar que tuve un hijo que jugaba a las canicas en el patio, niño idéntico a su padre. ¿Me estás engañando con alguien insensible?

-¿Y no participaste tú misma en tu metamorfosis? No me digas ahora que yo soy absoluta y totalmente culpable de tus cambios físicos y mentales. Si preguntamos a tu padre él asegurará que tú no viniste al mundo en equilibrio, de ahí que se alegrara tanto cuando pedí tu pata.

-¿Háblame del niño que parí? Por lo menos confiesa que lo tuvimos algún tiempo, que algunos días el muchacho jugó a ser héroe.

-El único muchacho que ha quedado grabado en mi magín es el que ya te dije, mocoso lépero, se atrevió a lanzarme el borrador. Me dio en la cabeza y me descalabró, solté sangre de venganza.

Muñeca del alma:
Me gustaría verme al espejo y peinar mis greñas largas y enmarañadas. Lucir bella delante de mi dueño puede terminar en amor idílico, como el que unió a los novios que

luego formaron al hermafrodito.
Si me empeño en conseguir belle-
za es posible que Jack me lleve al
altar, al fin y al cabo es viudo y se
vale, prometo comportarme como
Genoveva.
Bocanadas
De aire
En impureza
Se adueñan
Del alma
Que clama
Cual soldado
Por una patria
Amarrada
De las patas
La bandera
Ondea
En el asta
Más sola
Que una rata
El corazón
De la nena

Ha lanzado
Una trompetilla
Con aires
Flamencos
Cada toro
Embiste
De manera
Individual
Y cada
Perro ladra
A su manera

Nota del mocoso

El señor que vino de noche quiere juntar lo que nació separado, me refiero al muchacho que soy y a la dama que a lo mejor fue mi hermanita querida. Ambos fuimos sorprendidos por la irrupción del muñeco armado. Ella gritó, me parece que sí, y trató de saltar por la ventana. El muñeco se lo impidió golpeándola en la maceta que tro-

nó como nuez quebrada. Luego le levantó la falda y dijo:
-Este sexo es ajeno al hombre pero muy gustado por él.
Le quitó las pantaletas y se agachó a chuparla. Mi hermanita no gozó, había desaparecido cual fantasma. Su espíritu todavía anda volando en su recámara. Se le oye llorar.

Nota de la madre del mocoso
No alcancé a despertar, claro que no, puñalada o golpe seco heló mi sangre y me hundí en un torbellino de inmundicia, remolino de mareo y vómito. Dolor sentí en el pecho, creo que el corazón o las vísceras estallaron como cohete de primavera alebrestando torrentes de sangre espesa como chocolate caliente. ¿Quise gritar? Es posible que de la boca emergieran gruñidos de perro machucado o gato prensado,

no estoy segura de haber llamado la atención de los vecinos con berridos humanos. Mi madre acarició mis cabellos como fantasma amable y benéfico, me dijo al oído que todo había terminado, mis sufrimientos habían tocado el final de la película y pasaría a descansar en un féretro amarillo al lado de un vampiro. El atacante tenía el rostro tieso y apático, risa de payaso. Estaba peinado de raya en medio y relucían sus ojos chispeantes e insinceros. La verdad es que yo deseaba ir al baile de cumpleaños de Paquita, mi amiga íntima de la infancia. Le hicieron pastel de quince años y fiesta de ingreso a la sociedad. Tiempo después de ese hecho… ¿Estoy recordando? He vuelto de regreso a mi juventud? Tuve cinco y seis años, eso sí que me queda claro y fui al cine muchas veces de la mano de mi novio Anselmo, el que luego me dejó estando yo embarazada. Solté o emergió de mi panza no nene humano sino hermafrodito, error de natura, dos sexos en uno o uno con dos. El novio que me dejó pasmada escupió sangre en mi interior, sangre manchada, sangre pútrida.

Muñeca del alma:
El norte queda arriba y el sur debajo de donde estoy pisando con mis patitas blancas y bien modeladas por artesano europeo, creo. Visto ropa fina con encaje blanco, blusita color de rosa. Cuando perdí los dientes mi amo lloró, el placer era tanto que reventaron sus ojillos grises.
Es sensible
El mocoso
Que es niña
Con sentimientos

Dos rostros
En uno
Pito
Y vagina
Cerebro fundido
En cristal
Pulido

Nota de Genoveva

Estoy pensando, Jack, que tú ase-
sinaste a un niño y a una niña, ¿no
es verdad que tengo razón? La niña
reveló su sexo luego que la desnu-
daste para nalguearla. Cuando mi-
raste su vagina te rascaste la cabeza
del pene y entraste en juego duro y
sexual hasta que lograrse una eya-
culación memorable. Tú fuiste un
niño malandrín, le dijiste, mordién-
dole la oreja derecha. La niña quiso responder pero tú descargaste un
puñetazo contra su mandíbula que
la mandó al desmayo más largo de

la historia.

-Divina marquesa, mi cama rechina cuando hago el amor con tu fantasma en fidelidad pura y absoluta. Puedes preguntarle al ángel Tomás sobre lo que estoy afirmando, él te dirá que es verdad, que he sido un marido leal y decente.

-¿Qué Tomás? Yo no he oído hablar de ningún ángel que se llame Tomás. ¿Es nadie la muñeca de tu alma?

-Porque no has estado de visita en el paraíso el señor Tomás, don, es persona desconocida a tu entender miserable, ese privilegio sólo está guardado para personas enteras como yo, mitad carne y mitad madera, esa mezcla le encanta a dios.

Muñeca del alma:
Conocí a la esposa de mi señor en el baño donde ella abría la regade-

ra para ver caer el agua. Me dijo que se llamaba Genoveva y yo le creí, no tenía motivo para dudar de su palabra. Ella mencionó el amor de los muñecos asesinados por mano de angelito bruto. ¿Qué niños? Sólo ha habido nene en la tina, señorita Genoveva, pequeño malandrín que se ha ensuciado con su propia baba. ¿Qué no es tina? ¿Entonces se trata de caja especial para cadáver? Tampoco. Cama es, sólo cama donde duerme o dormía persona doble. Andrógino repudiado por los sacerdotes que visitaban a la madre por las noches, lo que me hace sospechar que el hermafrodito es hijo de hombre santo, muñeco místico cocido en versos.

Aserrín, aserrán
Los romeros
Piden pan
Y los difuntos

Igualmente
Caminan
En súplica
De migajas
De justicia

Nota de Jack

Estoy bajo la cama cantando y respirando olores de cilantro y perejil, metiendo en mis pulmones aromas de malestares antiguos, recuerdos punzantes que luego emergen pinchando. La muñeca del alma que compré en vez de perro para vigilar la casa ha estado ladrando, lo cual indica que alguien, fantasma o ser humano ha estado rondando el hogar sagrado que me heredó la tía Concha. Esa nena de porcelana perdió los dientes pero no ha dejado de morder. Eso sí, jamás ha desconocido a su amo y señor. Apenas aparezco empieza a mover la cola como si fuese can prieto y cariñoso.

-La rabia obnubila mi entendimiento, señorita muñequita. Verás, pienso que he sido engañado por mi madre.

-Es verdad, ella asegura que mañana sonarán campanas porque advendrá el día del juicio final. Encarnados y descarnados asistirán al llamado de Cristo rey y de las quijadas saltarán las muelas.

-Ella espera lo que no vendrá, mientras el perro anda suelto y con hambre, pero lamiendo al mocoso que parió la rata.

-¿Hablas de mí, Jack? ¿Estás diciendo que yo parí hijo que juega con el perro y que ha sido bautizado con tu nombre? Has estado hablando con la muñeca, ¿tuviste hijo con ella?

-El mocoso del que hablo agredió mi integridad de santo, escupió sobre mi escudo de nobleza.

-Un hijo es adorado aunque vomite sobre los padres, Jack, el señor marqués no puede levantar la mano en contra de su propia carne.

-Mi carne es de madera, señora marquesa, no siente las ofensas. Mi pito también es de madera, de modo que estéril.

-¿Y entonces el odio? ¿Es que piensas que aborrecer no es un sentimiento?

-No lo es, todo muñeco, aunque sea de peluche, odia sin sentir. Pregunta a la damita que me acompaña. Pregunta a la vigilante de porcelana.

-Nada siento, no, nada de nada, mi amo me ha colocado en posición de alerta y así permanezco las horas y los días, mirando siempre y fijamente el cerrojo de la puerta, lista a morder al desconocido que se

atreva a traspasar el umbral de esta
casa decente.

Muñeca del alma:
Don Tomás de Torquemada ha co-
lado su nariz en el ropero de Jack,
ahí se ha quitado la sotana varias
veces y ha usado cilicio para cas-
tigar su miedosa carne. Teme que
algún agraviado entre en el con-
vento donde se escondió y le reba-
ne el cuello.
La tortura
Viene al caso
Cuando
El torturador
Sabe
Que sus tripas
Almacenan caca
Que sube
A su cerebro
En forma
De mojón

Nota del mocoso

Mamá me dio nalgadas con alfileres, su brazo subió y bajó infinito número de veces, cayó sobre mis nalgas primero, pero luego agredió mi espalda y mi cuello. No me pegues, mamá, nada he hecho de malo este día –le dije telepáticamente, porque mi lengua aún permanecía prensada. Ella dio lectura mental a mi reclamo y respondió:

-Ofendiste al señor que me mandó al descanso eterno, eso hiciste, muchacho calavera, te voy a encerrar en el closet y a darte tafitazos en los párpados.

-Yo no conozco al señor de madera –alegué mentalmente con supuesta voz temblorosa-, jamás lo había visto, vino a casa de la noche y me amenazó con la pistola, amarró manos y piernas y apretó tanto que

quedé torcido.
-Él dice que tú llenaste de suciedad
su traje nuevo.

Muñeca del alma:
Pues yo, señor marrano, os digo
que seguiré en camino de gloria
mientras mi cuerpo no se convier-
ta en polvo y moho, mientras yo
respire en hondura de pecados,
mientras sea testigo de los actos
cometidos por Jack, mi dueño y
señor.
Pasajero
El dolor
De las estrellas
Atadas
A la lengua
Pasajero
El adiós
Que aguarda
En el fondo
De la garganta

La madre
Se despidió
Del hijo
Y el hijo
De mamá
Como el renacuajito
Del cuento
Dando brincos
Desesperados
Por vivir
Otros minutos

Nota de Genoveva

El niño o pequeñuelo de tu infancia no fue prensado de la lengua, se la cortaste con tijeras de jardinero, luego es mentira que sea uno solo el que ha recibido tu venganza, a ti no te basta acabar con un renacuajo y con rana madre o perro de aguas. Estoy más que cierta que has subido y bajado escaleras en distintas vecindades, edificios de departamentos o casas solitarias. En algún lado de mi panza todavía queda el recuerdo de un hijo nacido y estrangulado, nacido y borrado del mapa.

-Señora marquesa, vos siempre estáis en rebeldía, os cuesta mucho entender ideas sencillas como reparar el honor mancillado. La muñeca que vigila la entrada lo ha entendido de volada, enseguida movió la nariz aprobando mi conducta venidera y antigua.

-El orgullo es patria, señora Genoveva, patrona mía y esposa del marqués adorado, quien pierde el nombre se convierte en limosnero, es abandonado por la bandera tricolor.

-Nadie ha herido tu orgullo, Jack, tú solo te picas el culo y luego coges de excusa el piquete para cometer acciones perversas. En tu memoria, tal vez, quedó el recuerdo de algún

niño que te puso en tu lugar.
-Yo he visto a una niña retozando en cuatro patas. La vi de frente intentando huir. No sabemos si se trata de nena de la misma familia, si ella es hermanita del nene o su parte femenina muy sabrosa al paladar refinado de la nobleza.

Muñeca del alma:
Otros espíritus, muchos, acompañan a mi amo, él es un ser muy sociable, habla por todos y a todos los considera parte de su alma compuesta como torta de tocino y frejol. A mí me tiene aparte, pues me considera hermana que alguna vez tomará el puesto de esposa rata.
Al perro Jack
Negro y correlón
Le faltan dientes
Como a mí

Pero gusta
De morder
Huesos
Con la encías

Nota de Jack

Soñé que la tía Concha me ofrecía su casa como herencia, cosa que hizo en la realidad.

-Qué bueno que madre nos cedió la casa, señor marqués, de lo contrario yo no podría estar vigilando y atajando la entrada de maleantes, me habrían echado a dormir en casa de alguna niña pedorrita y desagradable. Las muñequitas como yo también tienen dignidad, no nos gusta que nos pisoteen las entrañas que no tenemos.

-Las paredes del hogar temblaban de contento al saber que mi persona, convertido en muñeco de ventrílocuo interno pasaría a ocupar ese sitio para toda la eternidad.

-Las marionetas son siempre bienvenidas, alegran e invitan a rezar el rosario todos los domingos. Si hablan de más sus dueños los encierran en maleta negra forrada de terciopelo hasta que el muñeco adquiere el don del silencio.

-Los abuelos siempre desean jugar a las canicas con estas marionetas adoradas, también abrir el refrigerador y dar de comer tortas de pavo al gato que ha sido contagiado de rabia por el perro negro llamado Jack, el cual mueve la cola siempre que oye mis pisadas.

-El perrillo os adora tanto como yo, tanto como mi ama Genoveva y los demás espíritus cogidos de la lengua. Mi apego a vos nació cuando os vi por vez primera. Mis ojos quedaron hechizados. Mis descos más fervientes eran que el marqués me escogiera entre otras muchas damas en espera de pito.

-Pintarse la boca y los ojos es parte de la rutina de los payasos, colocarse nariz postiza y melena estridente.

-Ja, ja… No estoy en contra de hacer reír a la gente, al contrario, me agradaría salir a dar funciones en el parque.

-El hombre del carrito de helados ofrecería paletas gratis a los niños que escucharan las representaciones venturosas, chistes pícaros saltarían de mis labios de madera.

-Hijo querido, ten en cuenta que no hay nadie más que tú para recibir mi cariño. Genoveva tu esposa ya partió, arrastrando su vestido de novia y torciendo la boca en señal de enojo porque sabe que irá al infierno. Algunos diablos han venido a ofrecerme disculpas por llevarse a tu novia de las greñas. No son tan malos como se dice por ahí, por lo menos los que estuvieron en casa, hablaron correctamente sin soltar groserías. Al comunicar su decisión de cargar con el alma de tu esposa soltaron un manojo de lágrimas cristalinas y sinceras.

-En los sueños aparecen personas del pasado y muñecos del presente. A veces, señor marqués, siento sin sentir celos enormes por la dueña de la casa. La tía Concha fue persona querida aquí y allá, dentro y fuera de su ataúd.

-Ambos, madre e hijo, llorábamos en la pesadilla por la muerte de Genoveva mi esposa, pero esta se encontraba sentada comiendo carne de caballo. Cortaba con furia los pedazos y se los llevaba a la boca para masticarlos en creciente enojo.

-Voy a correr para bajar de peso, Jack, me pondré a dieta de hostias para complacerte, caracho, pero ya deja de mirarme con ese aire de superioridad y de odio. Tu madre se ha volteado en mi contra y suelta veneno contra rata bondadosa. ¿Estoy o no más buenota que la pinche muñeca?

-Tía, comenté en voz alta durante la pesadilla, sin hacer caso a lo dicho por Genoveva recién perecida, un muchacho me ha insultado y estoy pensando en acusarlo con el director de la escuela. Como madre mía que eres deberías ir a quejarte y sacudirle el polvo a los profesores.

-Ojalá lo expulsen, hijo, las injurias no son saludables, causan malestares corporales muy intensos, como la gripa que me tiene tumbada. Si tu padre no hubiera huido de casa todavía estaríamos respirando incienso de su iglesia.

-El señor Tomás de Torquemada debería resucitar para agarrar a trancazos al niño que te pateó las espinillas, amo Jack. La reina Isabelita le dio el banderazo al señor inquisidor y luego se fue a dormir la siesta, segura de que el hombre elegido prensaría de la lengua a los blasfemos.

-Deja esas ideas de venganza para después, Jack, cuando seas mayor podrás coger tu mismo la escoba y golpear al maldito hasta que le reviente el cráneo.

-El niño que te ofendió hace ya muchísimos años quizás hasta muerto esté, no hemos oído de él, guardó silencio y escapó a tu persecución con éxito rotundo. ¿Llevaste de paseo a la muñeca?

-Qué frustración dejó en tu alma pútrida, hijo mío, todos hemos su-

frido agravios de pequeñuelos y
hemos tenido que tragarlos, así que
te aconsejo que sigas adelante, pensando que la vida es tranquila.

-¿Por qué nadie se dirige a mí? ¿Qué
estoy pintada? El que haya muerto
el lunes pasado no les da derecho a
criticarme. ¿Quién dijo que yo bajaría al averno a saludar a Lucifer?
Esa mentira salió de la lengua larga
de mi suegra o de la muñeca. Hoy
en la noche se las cortaré con las tijeras y les daré de nalgadas sonoras
y fuertes. Tía Concha se merece el
castigo.

-Pero más el muchacho que pecó,
¿no es verdad señor de Torquemada?

-Qué alegría me causa saber que he
muerto antes de que invites a ese
inquisidor maloliente. Me daría
miedo estar en casa cuando el venga a sentarse en la sala y se ponga a

fumar un puro largo. Los rezos que soltará en la soledad de su cuarto tornarán a ser navajas o alfileres puntiagudos que se clavan en las nalgas. Mucho me agrada descansar bajo tierra.

-Pero nadie ha dicho que tú hayas sido enterrada.

-A lo mejor, señora ama, marquesa del frijol helado, quedaste expuesta al roer de gusanos y animales salvajes en plena selva tropical, tirada boca arriba y respirando el aire contaminado por miles de moscas de color verde esmeralda. Respirar insectos y exhalarlos fue parte de tu defunción.

Muñeca del alma:
No hay razones serias
Para vivir en paz
Ni motivos hay
Para llevar la fiesta

Hasta el grado
De locura
Suspendí
El zapato de tacón
Y me lo puse
Para andar
Hacia casa
Donde me esperan
Las puertas
Abiertas
Del ropero
Lleno de buches
Coagulares
Confieso que estoy equivocada,
yo no pertenezco al interior del
ropero, pero me agradaría, cuando
muera, tener un lugarcito de cari-
ño ahí, rodeada de otras almitas.
El andrógino ya fue bautizado por
sacerdote fenecido montado en so-
tana negra y embarrada de mierda.
Le llamó Pedro, como el portero
del cielo. Pasa, Pedro, dijo, y sé

mi tocayo aquí dentro del corazón amplio del conde Tenebrous.

Nota del mocoso
 El brazo de mi madre se soltó y fue tomado por araña golpeadora. No escuché los gritos de mamá cuando el bulto le arrancó de cuajo ese miembro tan querido y útil para lavar trastes y hacer la comidita. Nada se oyó, silencio, lo que hace pensar en que ella había muerto cuando la sombra rebanó su carne y le pegó en la palma de la mano un cartón traspasado por alfileres.
-¿Para qué quieres esas puntas tan picudas en la mano, madre mía? No estarás pensando en venir contra mi cuerpo inocente de pecado. Pregúntale a San Ignacio o a San Francisco si he robado en la tienda de don Chucho o he hurgado en tu cartera. Soy bueno, ma, no merez-

co lo que vas a hacerme.
-Cállate y recibe calladito las nalgadas que suelto con apetito.
-Los muertos y las muñecas comemos aire religioso y vetusto, cargado de polvo antiguo.

Nota de Genoveva
¿Qué tienes en el alma, Jack? Estiércol, un hoyo, nada, cuando te llamas delante del espejo se producen ecos repitiendo tu nombre sin contenido. El espejo retrata a la persona y a la marioneta, dos en uno. ¿Has soñado con vampiros? Si fueras a convertirte en marino conquistador yo sería tu dama pirata y te volaría de un plomazo el dedo gordo del tu pie derecho, o perforaría tu quijada, así de tanto amor te tengo. He sido llamada otra vez para ser testigo de alguna atrocidad. Sé que estás invocando

personas del otro mundo que tranquilas vivían del lado del más allá. Sé también que mis padres no han sido invitados a la fiesta que preparas. Tu suegro te adoraba, Jack, lo embaucaste de lo lindo y siempre te miró como persona de bien. Cuando murió fingiste llanto, lágrimas emergieron a tus ojos maravillando a los presentes al velorio. Yo ya había perecido posiblemente estrangulada o madreada con un palo en cuya punta había un clavo.

-Mi alma guarda un ropero, señora marquesa, y dentro de él muchos fantasmas que hablan por mi boca y pensamiento, empezando por vuestra excelencia, esposa ramera con deseos de mamar el pito de algún inquisidor. He salido de paseo y he sido ofendido. Las ofensas al honor deben lavarse en duelo.

-¿Con quién te batirás? ¿Con el vendedor de paletas del parque? Que yo sepa los duelos ya están prohibidos. La iglesia vería mal que tú quisieras agredir con tu pistola al que te ha dado una bofetada. ¿Eso hizo el mal bicho adorable? ¿Te golpeó con su guante el cachete? Si llega a oídos del presidente que deseas reinaugurar ese rito sangriento te llevarán a la cárcel y ahí encerrado tendrás que confesar el resto de tus crímenes.

-Iba yo de paso por el parque y un mocoso me lanzó un puño de lodo que ensució mi traje negro y mi corbata roja.

-¿No ibas disfrazado de muñeco?

-Por dentro sí, había amanecido entre los brazos de la damita que vigila la entrada de la casa, muñeca bella, vestida de primera comunión o de novia alegre, pero sin dientes, abrí los ojos en amor y pintado de muñeco de ventrílocuo. Alguien desconocido me había sacado de una maleta y me había invitado a soñar en brazos de esa muchacha saludable y sonriente.

-¿Dónde estás? ¿En qué pulquería? En el centro abundan esos antros que te agradan. Los domingos sales a pasear y a beber. Gozas escribiendo tus memorias horrorosas. ¿El marqués de Sade te acompaña?

Nota del mocoso

He crecido. Durante la tortura aconsejada por don Tomás mis miembros se estiraron gracias a la presión del potro o a la magia de dios. De siete pasé a once años. Si pudiera mirarme en el espejo no reconocería mis rasgos: nariz y boca cambiadas, dientes blancos y greña oscura. El señor inquisidor estuvo metiendo cizaña en las orejas del muñeco. Lo sentó en sus piernas y se dedicó a soltar oraciones fervorosas a través de la boca de la marioneta. El brazo de mamá se alzó de pronto y comenzó a pegar y yo a rugir, mi lengua había desaparecido y yo ya sólo podía gemir.

Muñeca del alma:
Si loco
Te agrede
No devuelvas
Cachetada
Permanece
Pasmado
En estado
Místico
Mejor es
Sucumbir
Bajo el azote
Que vivir
Azotado
La religión de mis creadores echó

raíces en mi ser de porcelana, cre-
cieron matitas de catecismo que el
jardinero poda, mano santa tiene
el dueño de mi cariño compartido
con Genoveva.

Nota de Jack

Como juzguéis, seréis juzgados.
Leí está sentencia escrita encima
de la barra de la cantina El Pelón y
enseguida me puse a meditar: ¿El
juez que condena con exageración
será encarcelado? ¿El que ordena
castigos menores al tamañote del
crimen también será prisionero?
Sólo el justo será bendecido. Pero,
me pregunto, ¿quién mide el grado en que los castigos se aplican
a toda clase de criminales? Diez o
veinte azotes al que insulta al Papa
o al obispo.
-Tú, Jack, deberías ser decapitado
en la Plaza Mayor, sin miramien-

tos, sin excusas, a lo cabrón, pues has sido el infame más tremendo que ha dado la historia.

-Exageras al colocarme en la cúspide de la pirámide, hay otros muchos que rebasan mis obras, ese es precisamente el problema, que no hay medida real que marque el tamaño del castigo, siempre se es injusto en la apreciación de los crímenes, o la balanza se inclina hacia abajo o hacia arriba, nunca queda en el centro porque el centro no existe. Si invocáramos la justicia de don Tomás de Torquemada quedaría claro que una simple grosería o blasfemia, mentada de madre a cualquier santo o a la virgen, sería suficiente para recibir latigazos y tal vez perder la lengua. Ser quemado por ir en contra del catecismo no es acción extraña al comportamiento clerical. San Agustín, en contubernio con

el Papa Sixto III prohibió los pre-
servativos. La dama o el caballero
que los usaba era inmediatamente
excomulgado.
-¿Qué crimen estás tramando,
Jack? ¿Por qué estás disfrazado de
muñeco? ¿No me digas que saldrás
así a la calle?
-No necesito salir disfrazado para
condenar al que me agreda.
-¿Quién podrá siquiera tocarte con
el pétalo de una rosa? Amado mío,
monseñor, conde, noble de alcur-
nia, esposo fiel.
-Por orden de Felipe II de España
vino a México, es decir Nueva España, el señor Moya de Contreras a
implantar el tribunal de la santa fe,
santa inquisición. Llovieron injus-
ticias al por mayor.
-Y eso metió mucho miedo entre los
habitantes, mismo que ha quedado
flotando en la atmósfera del reino,

virreinato o república. ¿Quién sale a la calle sabiendo que lo espían? ¿Quién se atreve a vociferar en contra del tirano en el poder? Ni siquiera la muñeca que no sufre.

-Torquemada es padre de Moya de Contreras y Moya de Contreras de Don Porfirio y don Porfirio de Juárez, etc. La persecución de la herejía ha permanecido en primer plano desde siempre. Yo he sido agredido por el gobierno desde siempre y ayer mismo por un joven desgreñado.

-Odias el orden, Jack, por eso estás en contra de toda prohibición.

-Sacarse el pito en público es una gran infamia lo mismo que violar a una pobrecita dama.

-Se necesita la intervención de la policía para frenar y castigar. De buena gana la policía te agarraría de las greñas y te metería en celda de tortura para que escupieras todo lo que sabes.

-Sé que recibí una bofetada a mi honor y decidí que el culpable tenía que pagar.

-Eso pasó hace muchos años, cuando ibas a la escuela primaria, ahora estoy recordando, aún guardas enorme rencor por el que te llenó de lodo la jeta de borrego.

-Sucedió ahora, ayer mismo, hace unos instantes, lo del pasado ha quedado olvidado.

-Qué va, eso te ha empujado a la venganza.

Muñeca del alma:
Tomasillo le ha cogido cariño a mi amo. Se deshace en elogios, se derrite en sus emociones calientes y escalofriantes. Estaría encantado de estrenar una cuna de Judas o una silla de púas. Le ha pedido

a Jack que regale a su persona el día de su cumpleaños una de estas magníficas piezas.

Cantar a secas
Provoca tos
En el cantor
De pacotilla

Nota de la madre del mocoso

Me sorprendió el ruido que escuché cuando alguien quebró el cristal de la ventana. Me acerqué al lugar y quise pensar que algún muchacho travieso había cometido tamaña falta. Enseguida fui madreada con el cañón de una pistola por la espalda, a traición. Eso no se hace, señor sombra o bulto, es pecado atacar de esta manera a una viejecita tejedora.

-No soy bulto ni sombra, sino muñeco –respondió el macho que había descalabrado mi cráneo suavecito.

-Pues sepa que yo estoy protegida por estampitas del santo niño de Chalma y que él os pelará, sacará la piel de vuestro cuerpo inmundo y luego colgará el cuero en gancho de carnicería.

-Seré vendido a cinco centavos el kilo de grasa, bien, señora, eso os hará la mujer más rica de la tierra, podréis comprar alma nueva y lucirla en la verbena. En la fiesta toparéis con galán guapo que os hará proposiciones indecorosas. Meter el dedo donde van los calzones y cosas así de bochornosas, impropias y macabras.

Muñeca del alma:
Yo no pregunto, asumo la responsabilidad de estar sentada o parada delante de la puerta de entrada en tono amenazante. Si alguien se

atreve a entrar se llevará tremendo susto cuando contemple el movimiento de mis piernitas y de mis ojos coquetones. Mi amo tuvo un perro negro que estaba al pendiente de los intrusos hace tiempo. El perro renunció a su trabajo cuando la señora Genoveva expiró. Quería mucho a esa dama el can prieto, tanto que se dice que cometió suicidio, se voló la tapa de los sesos de mantequilla.

Un roedor

Ha estado

Ahondando

En razones

De peso

Que terminará

Por no comprender

El andrógino

Se fue hurgando

Los motivos

De sus agujeros

Nota de Jack

La tía Concha cayó en manos del ángel que le pinchó la panza y que la embarazó pero no de hijo sino de monstruo venidero. Creció en su barriguita adorada reptil malvado que la consumió. Y la culpa la tiene el cielo. Castigó con ferocidad a la santa que fue mi madrecita.

-La enfermedad, Jack, no es castigo, hasta donde yo entiendo, las personas tienen que morir de algo, más cuando ha llegado la hora. A tu madre ya le tocaba recibir el palo del ángel en la cabezota o en la vagina portadora de chinches. ¿Cuántos años se pasaron sin que ella hiciera uso sexual? Vaya, infinidad de tiempo en abstinencia perniciosa, por eso el ángel bajó a pecar con ella, para enseñarle que de dios no se burla nadie.

Muñeca del alma:
Aserrín, aserrán
Tengo ganas
De copular
Si mi amo regresa temprano de la cantina me verá encuerada en su camita y eso levantará sus ánimos cachondos. Empezará tocando mis pequeñas chichis y luego bajará a besar mi vulva fría y atascada de cortesía virreinal.

Nota de Jack

Antes de que la tía Concha estirara la pata corrí a su recámara y le pregunté con voz aguardentosa y doliente:

-Adorada señora, ¿podrías darme tu bendición para convertirme en saltimbanqui? Ya no quiero ser lo que he sido hasta ahora, tu muerte venidera me obliga a cambiar, así que por favor, otorga el permiso de metamorfosis.

-Si ya no vas a ser mi hijo querido sí, te doy la venia para que practiques el oficio que sea de tu agrado. Los payasos son apreciados por los niños de la colonia, hijo, y también por el gobierno incrustado. Hacer reír es actitud sagrada que hace nidos de pájaros sonrientes en el interior de las almas de eruditos y entes inciviles por igual.

-Pero madre, la gente que desea reír luego anda llorando. Yo he querido soltar carcajadas durante tu enfermedad, pero no me salen, estoy atorado en lágrimas ardientes.

-Ya vendrán luego, hijo, ten paciencia. Ora que me vayas a ver al panteón te doy permiso de reír, permiso de burlarte de mi consistencia absurda, quise a tu padre y a ustedes con devoción maldita. Si des-

pertara ahora mismo como vampiro te chuparía la sangre.

Muñeca del alma:
La esposa del sol
Es fría y coqueta
Se sienta a platicar
Sobre el pene
De Júpiter
El nene
Puso sobre mí
Su manguera larga
Y yo canté
Versos amorosos
Que olieron
A frituras

Mi dueño y señor mantiene mi espíritu hipnotizado, soy de su amor,
soy de él por siempre, cuando me
toca mi porcelana se derrite. Sus
dedos profundos hurgan en mi ser
y le confieren hondura inesperada.
De buena gana lo acompañaría a

comprar el pan y la botella de ron
que se traga los jueves en soledad,
también me agradaría que no me
escondiera entre sus ropas, eso
implica que se avergüenza de mí.
Siento ganas de llorar a mares,
siento deseos de asistir a misa y
quemar estampitas de santos.

Nota de Jack

Enterramos a la doña que fue tía
querida y volví a casa a papar moscas, entonces, creo, todavía vivía
Genoveva mi esposa. La caja quedó cubierta de tierra agradecida por
el bocado que le dejábamos en el
hocico.

-Claro que sí, viva estaba entonces,
se me meneaban las patas, yo echa-
ba baba por tú fingido luto, bien
que supiste hacer creer al mundo
que apreciabas a tu madre y a tu
hermano. Los vecinos de la vecin-

dad se sonaron los mocos contigo y nos acompañaron durante el velorio. Tu actuación fue extraordinaria, parecías humano.

-Y a ti también te quise, rata desdichada, marquesa febril y cagona, no olvides que permití que vivieras a mi lado durante algunos años maravillosos. El muñeco que toma mis huesos cada vez con más frecuencia se mantuvo calladito durante todo el ritual de muerte que siguió a la defunción de la tía Concha. Tú también estuviste magnífica en tu papel de esposa que ama a su suegrita.

-Merecías un premio por tu actuación y cachetadas como castigo, qué digo, si don Tomás de Torquemada hubiese asistido al entierro y te hubiese cachado en tus mentiras, te habría llevado a la sala de tortura y por lo menos te habría puesto a cabalgar en el potro.

-Los castigos pierden proporción cuando emergen de tu hocico. ¿Qué sabe una rata vil de leyes?

-Algo sé, sé que don Tomás agarraba a los blasfemos y les arrancaba la lengua.

-¿Soltar un pendejo o un santo imbécil era suficiente para ir a la hoguera?

-El pago por faltas menores y mayores no ha dejado de ser alto y sonoro como yegua relinchona. Imagino o pienso que no hay otra forma de controlar a la chusma crédula.

Nota del mocoso

Ayer vi en el parque a un señor vestido de negro, corbata roja, que sonreía sin motivo, mirando el cielo. Me

llamó la atención su modo tieso de caminar, fingiéndose muñeco o algo parecido. Hizo muecas de loco que provocaron mis risas estruendosas.

-Eres un niño muy simpático –me dijo-, ¿dónde vives? Si es en pobreza has tenido suerte hoy, porque te voy a regalar algunos pesos para que gastes en dulces. ¿Tienes padres?

-Mi mamá vive conmigo, ella me alimenta con su trabajo duro, es buena y me quiere como a perro llevado a la peluquería.

-Los perros pelones son divertidos, yo tuve uno que perdió los dientes cuando aparentó ser más viejo de lo que era. ¿Quieres el dinero o no?

-Si es gratis, sí, pero no como limosna, pues aunque pequeño tengo mi orgullo.

-Es una gracia concedida por un amigo, nadie ha reído tan sinceramente mirándome actuar. Sabes,

me habría gustado ser muñeco de
ventrílocuo y hablar desde la panza
de mi dueño y señor.

Muñeca del alma:
Se ha hecho costumbre
Cavilar en la inmortalidad
Del cangrejo
Yo la paso
Reflexionando
Sobre la normalidad
Que agrede
A los paseantes
Nocturnos
El policía
Que vigila
Tiene mirada
Corta que no toca
Mis zapatos
En fuga
He esperado el momento en que
los patrulleros vacíos traten de
irrumpir en el ropero de mi dueño

para congelarlos en cárcel de miedo con temblores secos y berrinches callejeros. Las vecinas metiches murmuran cada vez que Jack pasa de largo en seriedad mortuoria, dicen que mi señor es la seriedad personificada, dicen que es un hombre bueno que ha continuado en fidelidad, pese a haber sido abandonado por la ingrata de su esposa Genoveva. Alguna, tal vez doña Pancha, se ha atrevido a preguntar por el regreso de mujer fugada. Mi amo ha dicho:
-La sigo esperando, sabe usted, mi amor por ella continúa firme como estaca clavada en corazón de vampiro.

Nota de Jack
Ser persona de madera ha sido mi ángel-destino perseguido con ahínco a lo largo de mis días y mis no-

ches de insomnio. Las lombrices que pululan en mis pesadillas han hablado con prudencia diciendo que yo debo tener un dueño que maneje mi cuerpo suelto y poco flexible. El ángel que sigo y que me sigue ha soltado de pasada la pregunta ¿quiénes se creen los gobernantes y burócratas para procesar y castigar? Los súbditos del rey y del presidente aceptan sumisos los dictámenes de los señores del jurado. ¿Se trata de acto religioso?
-Jack, sabemos que eres propenso a la rigidez como los jueces del pasado, usas peluca y tienes granos en los cachetes que te dan dignidad de magistrado barbón. En vez de marioneta debías pensar seriamente en convertirte en inquisidor, pues te pareces enormemente a don Tomás de Torquemada. ¿Te gustaría perseguir mi cadáver por blasfemo? Las

llamas harían bien a mi carne en pudrición. La sobriedad en los juicios presentes y pasados es notoria precisamente porque no ha brillado, al contrario, se usa la cárcel como escarmiento y los fierros correctivos e instrumentos para obligar la confesión con desatino cordial. El potro puede montarlo a la perfección persona soez como tú, Jack, muñeco ebrio y tendiente a parecer gracioso del rey o del presidente.
-Tu carne ha pasado a convertirse en tasajo salado y seco, como momia tienes tu encanto, señora marquesa, a la hora del amor truenas cual campechana. El uso de algunos instrumentos de tortura cuadra con mi personalidad y la del ángel Tomás de Torquemada, inspirador de no pocas películas.
-A la hora de castigar, Jack, tú eres el primero que magnifica las culpas

de los reos que caen en tus garras,
tú mismo dictas sentencias gigan-
tescas por el puro placer de fasti-
diar. Ahora caigo en la cuenta de
que a lo mejor se trata del hijo que
brotó de mi barriga, ¿es a él al que
estás tratando de imponer castigo
ejemplar de muerte?

Muñeca del alma:
Dos peces asados
Platicaron
Sobre la imposibilidad
De quemar
El alma
El fuego
Del infierno
Cuece muslos
De cordero
Para pedir
Perdón al cielo
En la cantina mi dueño ha sido
interrogado acerca de mi presen-

cia. La mesera descubrió mi ser soterrado en pecho de mi amo. El señor marqués ha respondido, de mentiras, que me llevará de regalo a su hijita que habita en el paraíso. La lengua pasada de la mesera meona ha tenido la osadía de decir que soy bonita.

-Alegrará las horas de su hija fenecida. Se verá preciosa encima del catafalco de la nena, lástima que tenga la boca rota y que carezca de dentadura. Una muñequita completa haría mejor impresión a la occisa.

Nota de la madre del mocoso

Parí a mi hijo pujando con ganas desmedidas, sabiendo que el novio ya se había marchado y que no volvería. Cogió el barco de salida y se hizo a la mar sin voltear la cara. Era cristiano, según él. Según él las promesas que hacía las cumplía a carta cabal. Me quedé sola y sola me di al trabajo. Entré en un bufete de abogados a ser recepcionista y ahí maduré como manzana de California. Los dueños de la oficina decían que mi cuerpo era bonito y que antojaba. Por eso fui contratada, no por inteligencia sino por presencia. El hijo que me nació cumplió su onceavo cumpleaños y luego se dedicó a la mudez más absurda, alguien le cortó su lengüita y parecía pato cuando trataba de pronunciar alguna palabra.

-Haces reír al público que no ve, hijo, esa voz tuya se ha hecho ronca y desagradable, debías buscar el pedazo de lengua que perdiste y colocarla en tu boca. Mira, dios es grande y te hará el milagro de volver a contar cuentos picantes en los velorios.

Nota de Jack

Perder el rumbo no es raro entre hombres que nacen sin sentido de orientación y van al garete haciendo olas donde menos les corresponde por derecho. Yo he procurado hallar mi camino en varias direcciones, pero hasta ahora he sido todo un fracaso. Ayer, buscando mi ser con el alma, me presenté en juguetería reconocida y pedí un muñeco de ventrílocuo para practicar. Llegué a casa y puse al muñeco a parlar con otros seres que vigilan la entrada de mi hogar, herencia de la tía Concha, adorada señora que perdió a su hijo. La conversación fue amena y sustanciosa, aprendí a gesticular al modo del muñeco, no sin antes recibir múltiples regaños de su parte:

-Señor Jack, no debéis fruncir la

boca de manera humana, procurad dejar caer la mandíbula inferior. La risa debe salir del estómago, procurando contaminar el aire con aliento pútrido. Si yo fuese un maestro más estricto os habría castigado el culo con espinas de maguey. La cabeza puede inclinarse hacia los lados, pero no con soltura y los brazos y manos deben parecer mecánicos. El chiste del susto que podéis provocar con vuestra actuación radica en el tamaño, el cuerpo es mayor que la pasta utilizada pora confeccionar a un miserable muñequín querido y respetado. Por lo menos vos sois el doble de horrible que yo y eso me causa envidia.

Nota de Genoveva
Si una nace entre rábanos, lo propio sería cultivar rábanos el resto de la existencia, pero no, la perso-

na se empeña en hacer uso de su albedrío y neceando pega brincos de aquí allá, en vez de agricultor se mete a ratero o a narcotraficante. Eso es una blasfemia, Jack, la profesión del individuo no se escoge al azar sino en completo desacuerdo con los padres y vecinos.

-El rey, sabemos, es una sombra que oprime al virrey y el virrey es una sombra que oprime al presidente del gobierno monárquico y republicano.

-Un crimen alejado de la realidad inmediata agranda la imposibilidad de ser aclarado.

-El café se aclara con la leche, Jack, eso es un hecho contundente y científico, a mí me agradaba servirme un cafecito todas las mañanas y encerrarme a leer en el sótano donde habité por años sin chistar, sin alzar la voz, porque entendí que el castigo era merecido aunque exagerado. Otros señores pierden la cabeza en la guillotina por haber hecho cosas mayores, como asesinar al perro de casa y cocerlo bajo tierra en barbacoa. Sabemos que tú mataste al perrito negro y que no lo cocinaste porque sufriste una pena grande al perder a camarada tan cumplido y decente. En cambio al niño mío sí que lo chicoteaste y le pusiste un collar apretado en la garganta para obligarlo a perder la respiración vital. Ese hijo nos persigue, Jack, ¿no tienes miedo?

Muñeca del alma:
Alumbrado
Por la tirria
La antorcha
Del pequeño
Camina
Pidiendo a dios

Venganza
Que no llegará
Debido a que
Mi dueño
El señor marqués
Alzó primero
El brazo de madre
Y clavó en la espalda
Y clavó en los ojos
Yo estuve presente durante el ataque de risa. Vi con claridad que la señora que perdía el brazo de una tarascada lanzaba carcajadas al viento que tocaron los oídos del andrógino. Un acto así en el circo sería motivo de amontonamiento, se venderían miles de boletos. El mocoso no desconoció a su madre aunque estuviese partida, al contrario, la amó hasta el último instante con fervor de escolar que no ha aprendido su lección de civilidad.

Nota del mocoso

El sexo que mostré a la hora de que la sombra me bajó los calzones no tuvo claridad, él gritó que era un fraude, que yo era hermafrodito y que por tanto no merecía el castigo que ya había recibido. Le rogué que me soltara, pero no me oyó porque mi lengua había caído dentro de la bacinica que él puso para recibirla diciendo que era un modo de guillotinar al culpable.

-Si mi sexo es doble, señor noble, marqués, es por culpa de dios y no mía, yo nada más he sido como soy durante el tiempo que he vivido al lado de mi madre.

-Todavía no ha quedado probado que tengas dos sexos, yo veo sólo uno, vagina de nena camino a la depravación, camino a salir al camino a venderse.

-El fraude consiste en que yo esperaba pito de nene y emergió vagina de nena. El pito del muchacho debería ser rebanado por haber ofendido al muñeco Jack Tenebrous, mi amo, pero ahora resulta que ya fuiste capado antes de nacer.

-Los fantasmas no comen, señor, yo dejaré de tener hambre si me sigue golpeando con el brazo de mi madre, duelen los alfileres clavados en mi carne.

-Don Tomás de Torquemada, presente en calidad de espectro, ha soplado en mis oídos sus deseos más fervientes, a saber: El muchacho blasfemo o la muchacha malcriada deben quedar sentados en silla de clavos. En mis tiempos no andábamos con remilgos, persona que insultaba a la virgen iba a la cárcel y luego a la hoguera. Yo no usaría mi corazón de pollo para perdonar, no en este caso tan patentemente enfermo y malvado. ¿El señor marqués está haciendo amor con la damita amarrada? Vaya, mis ojos siguen vuestros movimientos con apetito, quisiera poder entrar en juego paralelo con vos y penetrar a la putilla redomada. Un orgasmo póstumo siempre es bienvenido.

Nota de Jack

Si la policía tiene que salir de la comandancia, subir a su patrulla y recorrer kilómetros el asunto se complica, porque el servidor público tiene el derecho de desayunar antes de presentarse al trabajo, es decir, a la escena del crimen, tiene, es suyo también el derecho a no hacer nada sino comer una torta grande de chorizo con chipotles, jitomate, queso y frijoles refritos. De ese alejamiento del trabajo y caída en flojera viene, durante un rato corto, el cadáver del señor juez invitado hoy a casa, don Tomás de Torquemada, pase usted y siente vuestro excelente nalgón en silla cómoda.

-El espacio es indispensable para agredir a los vecinos, me refiero al sitio donde se juzga y al lugar donde el reo recibe patadas, el árbol antiguo y el auditorio no eran tan propios como la sala de juicio para gozar de los castigos con puntualidad, el reloj tronaba y los oidores metían caña en sus lenguas y todo corría a las mil maravillas. Los señores como yo, viajeros en el tiempo, hemos tenido ojos de mosca para descubrir a los malvados herejes.

-Esta vez, señor de Torquemada, no se trata de perseguir la disidencia religiosa con fruición meticulosa, ni de correr en contra de judeoconversos, tampoco se trata de acusar a perjuros ni de tratar de dar orden al desorden reinante en España a base de bofetadas. En primer lugar porque estamos en Nueva España, es decir, perdón, México Distrito Federal donde reina el señor presidente de la república castellana.

-Entre los narcos hay justicia, señor marqués, entre presidentes hay justicia, señor marqués, entre oidores y sacerdotes pende la justicia llevada a cabo con acabada relojería. En tiempos viejos las audiencias y juicios terminaban cuando las estrellas aparecían en el firmamento y empezaban luego de que el sol aparecía alumbrando si el día no era gris y lúgubre.

-Pero hay diferencia entre la justicia divina impartida por la iglesia y la justicia terrena, ¿no cree usted? Lo divino pega fuerte, coge lenguas y las corta y lo terreno, al contrario, usa tijeras para rasurar el habla de los pollos que serán ajusticiados.

-¿Quién será juzgado hoy?

-Un muchacho que fue alegre y ruin al mismo tiempo.

-¿Habló mal de Jesús nuestro señor? ¿Mentó madres contra la virgen?

-Algo peor, ofendió al dueño del muñeco.

-¿Qué muñeco? Nosotros no hicimos injusticia contra muñecos, señor marqués, sólo quemamos herejes y algunos animales francamente diabólicos.

-Y también sentaron a los acusados por nadie sobre clavos.

-Y les dimos tirones montando potro salvaje.

-Hay o existió una señora que parió a un muchacho desobediente y grosero que siempre anda diciendo que la virgen no puede ser virgen y

que el hombre, refiriéndose a Jesús,
no es dios reencarnado.
-Habrá que sacarlo de la cuna, car-
garlo hasta acá y someterlo a juicio
donde evidentemente será conde-
nado.

Muñeca del alma:
Si los enanos
Entonan melodías
Sublimes
Cantos gregorianos
Alzados al firmamento
Los gigantes
También desgañitamos
Berridos alegres
De triunfo
Digo que soy gigante por el áni-
mo, no por el tamaño, mis aptitu-
des de espanto han crecido desde
que tuve el gusto de ser presentada
a mi dueño y señor, él puso miel
en mis labios y me rompió los

dientes de un puñetazo certero que dirigió a Genoveva. Es lástima que la esposa legítima no aguante en estado crudo las podredumbres enviadas por la diosa Hemoficción. Digo que es una lástima porque me agradaría que ella, tan buena, ocupara un lugar a mi diestra.

Nota del mocoso

Yo iba a la escuela en la mañana y luego mi mamá me obligaba a hacer la tarea antes de salir a jugar con los amigos en el parque. Siempre vi con malos ojos que mi madre recibiera visitas algunas noches. A través del ojo de la cerradura miraba los amores de mamá. Me decía en silencio: Si ella perdiera un brazo no habría pelón ni melenudo que se atreviera a poner fuego en las noches, habría castidad obligada por el horror de no ser acariciado, me refiero al visitante pasado de la raya, usurpador de mi padre inexistente. Si mi madre perdiera un brazo dejaría de tejer y tal vez hasta de guisar y eso sí sería fatal. Mejor es que ella conserve todos sus miembros en su lugar y que sea castigada de otro modo, por ejemplo, perder algunos dientes de un puñetazo, sin dentadura la señora mi mamá podría seguir tejiendo y haciendo la comidita.

-Pero si tú eres hermafrodito, hijo e hija, bien podrías ayudarme en mis labores domésticas, las mujeres somos trabajadoras, así que deja en la flojera al que se las da de macho y abócate a menear la olla de los frijoles.

Nota de Genoveva

Insisto en que son dos las personas que perdieron la lengua, Jack, nada

de monstruos hermafroditas, se trata de una niña de unos once o doce años y de un niño de seis o siete. A mí no me engañas, el muñeco que traes por dentro no quedó contento con una venganza, así que inventó una segunda que se fundió con la primera. La primera madre, la del muchacho, traía puesta una peineta y la segunda no, peinaba trenzas adorables y rubias. Cuando les cortaste el brazo permanecieron en silencio, pero aprobando tus actos de coraje. Claro que antes habías perforado un cartón con más de cincuenta alfileres, mismos que atravesaron el cuerpo de las criaturas, de las dos en dos casas diferentes.
-El muchacho era muchacha y viceversa, señora marquesa, eso puedo jurarlo ante el altar de don Tomás, él mismo quiso entrar en batalla sexual en cuanto miró la vaginilla de

la nena morenita.

-El niño sólo recibió nalgadas y no sexo de parte tuya y del fantasma, el pequeño expiró tragando sangre. Ella en cambio fue violada una y otra vez por ti y por el espectro del inquisidor.

Nota de Jack

-Señorita mesera, ¿qué opina usted de Jack el destripador? Le parece una figurilla simpática o repelente? –pregunté a la señora que servía en la cantina Moya de Contreras, abierta al público desde tiempos del virreinato. Se le puso ese nombre para hacer énfasis en el daño que el alcohol hace a los parroquianos demasiado bebedores.

-Me habría gustado que ese asesino hubiera sido agarrado y castigado por sus crímenes horrendos. Me habría encantado participar en el juicio y en la ejecución. Mi naturaleza tiende al buen juicio. De ser posible habría que arrancarle la lengua y luego sacarle los ojos al malvado que abrió la carne de compañeras prostitutas.

-¿Es posible que el señor Jack haya sido insultado por las víctimas?

-Después de muertas o durante el ataque sí, claro que sí, yo le habría dicho hasta la despedida por arrancarme la vida sin preguntar, a lo mejor ellas querían seguir viviendo pese a las condiciones bochornosas en que se arrastraban. Verá usted, señor marqués, yo amo la vida pese a que la vida no me ame a mí. Confieso que tuve un hijo bonito que escapó de casa hace dos años. El nene me dio motivos de gusto y de disgusto, pero también apego a la existencia, yo iba y voy seguido a dar gracias a la iglesia.

Nota de Jack

En la vecindad había ratones mal alimentados con desperdicios y basura, roedores cuya alegría había sido apagada hace milenios, sí, y gatos había que los perseguían con el fin de llevarse bocado al hocico, siempre con ganas de morder movían sus patas en dirección de cualquier roedor que distraído o con deseos de perder la vida emergía de algún agujero.

-Así mismo habitaban hombres dedicados a rascarse los huevos, amo adorado, mujeres chismosas y niños juguetones, pero sobre todo, un canallita que gustaba de escapar de casa y fumar marihuana con sus amigotes. ¿Qué puede esperarse de un drogadicto? Estupidez, eso y desesperación. Uno de los policías que vive en el ropero cayó en el vicio y el hurto, se asoció con ladrones y drogueros y terminó decapitado.

-Había también en ese sitio de mala muerte, ebrios y un hombre con un juguete grande: muñeco vestido de payaso.

-Los domingos esta persona solitaria iba al parque de la colonia y representaba.

-No tenía mucho público.

-En general las personas que iban de paseo no querían detenerse a escuchar las sandeces que decía la marioneta.

-El malvado mocoso, de unos doce años, se atrevió a lanzarme un puño de lodo mezclado con caca y el golpe certero cegó al muñeco y lo puso a maldecir:

-Malandrín desgraciado, cuando crezcas medio centímetro te arrollará un tren y tu madre sufrirá de cataratas.

-Jack, Jack, detente, piensa, has dicho que era un solo niño el castigado, pero yo leo dos y una niña inocente, primero el de tu infancia, luego el pequeño de seis o siete años y al último la nena que ya había cumplido los trece. ¿Por dónde empezaste? Me hago bolas y confundo uno con otra, los tiempos están embarrados, no hay lógica en tu narración de cantina.

Nota de Jack

Esa noche el dueño del muñeco, que ya conocía las mañas del querubín y el número de departamento donde vivía Pedro, ese era su nombre de pila, Pedro Anselmo Gutiérrez, su madre lo llevó a la parroquia de Santa Elena y le pidió al cura que lo bautizara, pese a que ella no estaba casada.

-Pues bien, el dueño del muñeco, muñeco en mano, estuvo vigilando la entrada del lugar.
-La madre del lépero lavaba ropa para mantener al hijo delincuente.
-No tuvo que esperar muchas horas, pues la criatura altanera salió por el portón delantero del edificio riendo. Ahí lo abordó diciendo:
-¿Has crecido ya el medio centímetro?
-Todavía no, señor muñeco, ando queriendo irme de casa, escapar de esta basura que nos rodea, tal vez usted pueda ayudarme a partirle la boca a mi madre y coger algunos centavos que podríamos repartir. Lejos de aquí podré existir sin la necesidad de ir a la escuela, lejos podré comer postre al final de las comidas y rascarme la panza cual ladrón de caballos.
-Con gusto lo haré si me das la mi-

tad del botín. ¿Es grande? ¿Tu madre guarda bajo el colchón miles de morlacos?

-Mitad y mitad serán las ganancias. Yo no necesito para subir al camión de mi huida, con poco me conformo, lo que ella tenga escondido bajo la cama.

-¿Ahora mismo entraremos a gozar de las monedas de tu madre? Si me haces tu cómplice tendré que perdonarte la agresión que cometiste en el parque.

-Fue un impulso ciego, señor muñeco, no me siento responsable por mis reacciones, desde niño entro en iras irracionales que vienen sabrá dios de donde.

-Tu brazo se movió en mi contra, socio, pero no tu corazón, de modo que te perdono y agradezco el ofrecimiento.

-Hay un espacio que no se entiende como tal, niño pedorro, espacio poético donde ocurrirá algo maravilloso para los dos interesados, mi amo y señor y tú, mocoso del demonio, dinero gratuito manará de la fuente mágica, así que vamos allá y actuaremos en contra de tu mamacita chula.

Los tres dizque amigos, señora marquesa, muchacho Pedro, dueño del muñeco y el muñeco, atraviesan la placita dentro de la vecindad y luego el jovencito atrevido abre la puerta de su departamento.

-En ese preciso momento el dueño del muñeco, Jack, saca pistola grande y la coloca en la cabeza de Pedro.

-Voy a centrar el foco de mi interés en mis ojos abiertos a una visión filtrada y detallista del castigo que mereces.

-Serás colgado. Serás deslenguado.

Serás maltratado por tu madre, muchacho cabrón, hijo de brazo suelto.

-Este crimen ocurrió después, me queda claro, hay algo que brinca y se marea, algo horrible que no quisiera oír, pero mis labios son los tuyos, señor marqués, y mis ojos ven a través de tus pupilas grises y apagadas. ¿Estás deprimido? Ojalá. El cansancio hará de las suyas y terminarás cerrando el ropero de tus sueños. Le saldrán hongos azules y se cubrirá de telarañas, las mismas que anublan tu cerebro. ¿Por qué no usas la pistola contra ti? Si te vuelas los sesos te librarás de la cárcel y de las caricias que tiene preparadas en tu contra don Tomás de Torquemada. Sabes bien que él no es amigo de nadie, ni siquiera de la reina Isabel.

Muñeca del alma:
Nadie subió la escalera porque en la casa no había, un solo piso recorría la familia elegida. La choza había pertenecido a los siete enanos de Blanca Nieves. Contaba con chimenea y cocina de inferior calibre. Una de sus camitas me fue regalada a mí por mi amo y señor, Jack Tenebrous.

La bondad
Que irradia
Hace felices
A las palomitas

Nota de Jack

A continuación, amarra al muchacho a una silla, le pone tela adhesiva en la boca y luego se dirige al dormitorio de la madre.

-Mentira, señor dueño de esta preciosa muñequita de ventrílocuo, le cogiste la lengua con unas pinzas y

luego se la cortaste, me consta que
así fue, el nene se tragó el pedazo
de lengua luego de masticarla durante unos instantes fugaces y sa-
brosos.

 -A ella, me refiero a su madre, la
apuñala varias veces en el pecho.
Luego la carga y la lleva a la sala,
donde el joven permanece atado a
la silla.

 -¿Y a qué hora le cortaste el brazo
a la señora? ¿Usaste la navaja o
llevabas serrucho? La carnicería se
te da de manera natural. La señora parece que no peleó contigo, al
contrario, fingió algo de malestar y
luego se entregó de buen grado a
tu cuchillo filoso. Pero hasta donde
entiendo fueron dos madres las que
fenecieron en tu intento de satisfac-
ción. Dos señoras que en nada se
parecen, una más joven que la otra,
naturalmente y una más egoísta

que la otra. Ambas señoras perdieron el brazo derecho que tú usaste para golpear a las dos víctimas, una niña y un niño.

-Mi visión poética está incrustada de ausencias y presencias siempre emergidas del momento mismo en que el juez aplanará las leyes, hablo de Tomás de Torquemada, principalmente, hombre justo que meaba y cagaba como cualquier otro cristiano.

-Pero hay otra persona que también hará las veces de magistrado letrado. ¿Quién es este juez? Naturalmente Jack Tenebrous, mi señor, muñequito hablador, marioneta de madera fina que escucha arrobado romances antiguos y que entona cantares medievales haciendo sonar a su vihuela.

-Él mismo dictará tu sentencia, siempre y cuando no grites —le dije al mocoso-.

-El momento crítico, repudiado por el catecismo místico de San Francisco y San Ignacio y otros muchos santos, está sucediendo en este espacio que hemos llamado poético, en retroceso veo que tú lanzaste un puño de lodo en contra de persona inofensiva y en adelanto miro que propusiste perrada a mi dueño y señor.

-Ninguna perrada propuso el mocoso moquiento, el chico adoraba a su mamá, te lo dijo repetidas veces, abogó por ella en todos los tonos de su voz tragada por la sangre que bebió cuando le rebanaste la lengua en señal de reprensión adulta, como si la criatura hubiese crecido de pronto y hubiera echado canas.

-Habrá discursos verbalizados y de gestos agrestes, pero al final, siempre, una y otra vez, serás castigado

como mereces, malandrín despei-
nado.

-¿A quién te estás dirigiendo, Jack, a la nena o al nene? ¿Sigues hablando con la muñeca?

-El grado de culpa mide el grado del golpe, señora marquesa.

-¿A ojos de quién es el tamaño de su pena? Su madre lo habría perdonado, lo mismo su padre, tú en cambio no, tampoco don Tomás. Tú traías una imagen grabada en tu cerebro desordenado. El niño que castigaste no era el verdadero agresor, el primero quedó impune, por eso tu odio ha crecido en forma descomunal.

-El contenido específico de la imagen cargada con el hecho, la agresión dramática, se servirá en bandeja de plata, fluirá de la lengua completa del señor inquisidor, quien pronunciará sentencia de muerte contra aquél que se atrevió a ofender el honor del marqués Tenebrous, mi señor querido y venerado.

-El hermafrodita hecho de dos personas distintas en tu mente fabricante de pesares pasó a mejor vida, de seguro es más feliz en la tumba que padeciendo hambre y sed. Dos lenguas cayeron al suelo, dos tragos de sangre espesa ahogaron a las víctimas. Con una de ellas, la niña separada de su igual pegado, copulaste hasta el cansancio cometiendo adulterio, pero no me extraña, siempre has sido tendiente a meter tu cosa en hembras baratas. ¿Estás pensando que le tengo envidia a la muchacha? Puede que razón tengas, envidio su juventud, sus pequeñas chichis que te enamoraron, sus muslos duros.

-Habrá muchas peripecias de lenguaje con el fin de romper la frontera que separa la moral cristiana de la de mi dueño.

-No hay dos clases de moral, una sola, y es violada por tu persona a cada rato, delante de la ley que no ha hecho nada para atraparte. Los policías duermen la mona tan tranquilos mientras tu llevas a cabo tus fechorías. No sé si voy a durar más tiempo perorando en tu cerebro vacío, no sé si quiero estar presente como fantasma, tampoco deseo saludar al señor don Tomás de Torquemada, me asustan sus ojos perforantes.

-El espacio poetizado revelará las relaciones entre los personajes vivos y muertos, con lengua y sin, imaginarios y reales.

-Cada palabra que se diga aquí será pesada con el fin de iluminar o enfatizar el hecho subido o montado

en plataforma de poesía barata.
-No eres poeta, Jack, tus inmundicias quedarán prensadas en la historia por razones de espanto, no por que alguien las considere sublimes o dignas de estar escritas en letras de oro.

Nota de Jack
 La ausencia del rey y del presidente, su alejamiento, ha dejado que las leyes recaigan en sus señalados por dedo vivo en impresencia y dirección, de modo que yo tomo el dedazo y me erijo en juez supremo del caso en cuestión. Los reyes católicos usarán mi látigo y mi cuchillo de cazador.
-Don Tomás ya ha comido su ración de pollo asado con papas y ha logrado obrar mojones blandos que de todos modos lastimaron su culo blanco y peludo.

-Jack, estás confundido, las leyes se escribieron para seguirlas al pie de la letra, la ausencia del rey o del presidente de la república no cambia para nada el sentido oculto de los mandatos. Entre otras cosas dice que nadie debe tomarse la ley en sus manos callosas y sucias.

-El respeto que me nace hacia la ley queda confirmado en la invitación que hice del inquisidor más sensible de la historia, él presenció la hora del castigo y aprobó con palmas mi actuación.

-Bravo, gritó enardecido de alegría sublime, bravo, Jack Tenebrous sí es un cristiano con toda la barba. Comulgo con él y me retiro a descansar al lado de los reyes de España, hemos acordado celebrar en las alturas el juicio fabuloso que condenó al hermafrodito, varón y hembra al mismo tiempo, abominación de nacimiento.

Muñeca del alma:
Aserrín, aserrán
Las patadas
De don Jack
Las aplaude
Torquemada
Ángeles
Revientan
Porras
De alabanza
Que conmueven
Hasta el mismo
Tuétano
Dios ha parlado
Con los dientes
Y ha saciado
Su ira
Floreciente
Y perfumada
Con aires
De ratón

Voluble
Y dulzón
Como cura
Encerrado
En sí mismo
Y luego
Abierto
Como ropero
Donde habitan
Mil telarañas